버퍼의 통과의례 ~혹은 단장의 일~

"니이나 님을 검증하겠어요!!"

눈에 핏발을 세우며 슬금슬금 다가오는 릴리에게, 하프 엘프 소녀는 솔직히 겁을 먹었다.

장소는 제28계층. 【헤스티아 파밀리아】의 『원정』에 동행해, 『언더 가든』이라 불리는 하층영역의 세이프티 포인트까지 오고 만 니이나는 압도당하고 있었다. 그야 『따라가고 싶다』고 했던 것은 니이나 본인이었지만, 아무리 인턴이라도 다짜고짜 이런 미궁 깊은 곳까지 끌려온 것은, 어쩌면 역대 『학구』의 학생들 중에서도 니이나가 최초 아닐끼. 심지어 릴리를 비롯한 단원들과 상성이나 연계를 제대로 확인하지 못해 파티에 익숙해지지도 않은 상태로.

"그러니까지금부터익숙해지도록검증을하자는거아닌가요~! 구체적으로는니이나님의초초초유용한마법의효과와범위와시간과상성과기타등등등등──!!"

"히익."

얼굴에 드러났는지 생각을 읽고 다가오는 릴리──두 손을 까닥까닥하는 파룸──에게 짧은 비명을 질렀다. 콧김을 씩씩거리는 릴리가 말한 것은 회복마법 【마기아 크리스】에 대해서였으며, 『마법이나 아이템의 지속계 상승효과

시간 연장』이라는 부가효과에 눈빛을 바꾸고 있는 것이다. 하루히메의 반칙 기술 『레벨 부스트』와의 콤보에서 절대적인 효과를 발휘해버릴 수 있기에.

도합 세 차례의 제29계층 진격을 마치고, 오늘은 세이프티 포인트에서 야영하며 쉬는 것만 남았구나 생각했을 때 발생한 이 이벤트. 마치 게임에서 새로운 기능이 업데이트되면 검증의 악마로 변해버리는 신들과도 같이, 릴리 지휘관과 함께 검증의 폭풍이 시작되었다.

"【도깨비 방망이】—!!"

"마, 【마기아 크리스】—!!"

"더 기합을 넣어서 영창하세요! 팍팍 발동하라구요! 내일 공략 전까지 니이나 님을 구석구석 다 조사하겠어요~!"

하루히메와 함께 마법을 몇 번이나 발동하게 된 니이나는 혼란에 빠졌다. 『이익』이라는 단어를 너무나도 좋아한다는 릴리루카 참모는 정말로 사소한 데까지 철저히 검증했으며,

"『지속계 상승효과』라고는 했지만 어디까지가 대상이 되는지도 파악하고 싶으니까요! 류 님의 인챈트 지속시간은 늘어날까요? 벨 님의 『차지』는?! 릴리네한테 얼마나 이익이 될지 조사하는 보람이 있겠네요!! 아아 힐러 최고오~. 버퍼 만세에~."

그런 소리를 해대는 통에 니이나는 으와와와와 하고 처량한 목소리를 내버렸다.

'엄청난 【파밀리아】라고는 생각했지만, 내가 너무 경솔했던 걸까아……!'

라고 후회하기 시작하고 있으려니—— 그런 부정적인 마음의 동향을 놓치지 않고 밤색 눈동자가 번뜩 빛났다.

"니이나 님, 하루히메 님! 조금만 더 힘내주시면 벨 님의 『고생했어 쓰담쓰담』 어리광 격려받기 코스를 준비해 드릴게요! 물론 한 사람씩, 진득하게!"

""크윽?!""

"솔직히 좀 싫긴 하지만 배부른 소리 할 처지가 아니니까요! 지휘관의 이름을 걸고 약속할게요!!"

저, 절묘해——!!

아직 가입단 상태라 니이나의 성격에 대해 제대로 알지도 못할 텐데, 이 릴리 선배는 압도적으로 당근과 채찍, 혹사와 포상의 안배가 절묘해——!!

하루히메와 함께 흠칫 숨을 삼킨 니이나는 팟! 하고 힘차게 다른 방향을 돌아보았다.

다시 말해 눈을 깜빡거리고 있는 벨 쪽을. 동경하는 선배에게 쓰담쓰담 격려를 받기 위해——!!

""하, 하겠습니다!!""

르나르 선배와 함께 힘차게 고개를 끄덕이고, 니이나는 검증실험에 힘을 쏟았다.

"힘내라, 단장."

"부디 하루히메 공께도 한껏 진심을 할애해 주십시오!"

"파티를 위해서라지만…… 벨, 너무 문란한 짓은 하지 마십시오."

"이, 이거…… 정말 단장이 하는 일 맞아?"

한 걸음 떨어진 위치에서, 벨프와 미코토, 류가 어깨를 두드리는 가운데 벨은 당혹감에 빠졌다.

사실 하루히메가 입단했을 때도 『레벨 부스트』를 철저히 검증하면서 비슷한 일을 한 기억이 있었던 소년은 연신 고개를 꼬아댔다.

참고로, 소년의 쓰담쓰담은 결벽증이 있는 엘프가 만족할 정도로 서툴고 허술했다.

어떤 맹자와 기사의 일막

"오탈."

오늘은 손님이 많군.

『용자』가 돌아갔나 했더니 잠시 후 나타난 『기사』를 보고, 오탈은 그렇게 생각했다.

장소는 던전 『상층』 안쪽 깊은 곳. 사방의 벽면이 부서져 몬스터는 태어나지 않고, 다른 모험자들조차 다가오지 않는 룸에서, 이곳에는 없는 적과 ——기억에 남아 있는 『영웅』의 환영과—— 사투를 벌이기 위해 묵묵히 대검을 휘두르던 중이었다.

자신과 동려이며 『해묵은 사이』이기도 한 레온 버덴베르크가 찾아왔던 것은.

"오랜만이야. 건강한 것 같아 다행인걸."

"용건이 뭐냐."

완전히 기세가 죽어버린 오탈은 검을 휘두르던 것을 멈추고 대검 끝으로 지면을 푹 갈랐다.

제대로 된 인사 따위 자신들에게는 필요 없다고 침묵으로 당당히 말하는 무인을 향해, 레온은 웃음을 지었다.

"벨 크라넬에 대한 견해를 듣고 싶어."

"……"

"펠즈…… 어떤 메이거스를 통해 『파벌대전』의 기억을 보고, 가레스에게도 들어서 허락을 받고 여기 온 거야. 그와 직접 검을 마주했던 네 말을 들어보고 싶어."

왜 【로키 파밀리아】의 이름이 나왔는지, 오탈은 굳이 지적하지 않았다.

경위는 다 이해하지 못하더라도, 레온이 『교사』가 되어서까지 무엇을 추구하고 있는지, 오탈은 알고 있기 때문이다.

눈앞의 사내가 무엇을 묻는지 이미 알고 있기 때문이다.

"그 소년이, 제우스와 헤라가 남긴 『잔광』에 닿을 거라고 느꼈어?"

교사라는 직함을 가진 『기사』는, 줄곧 『차세대의 영웅』을 찾고 있었기 때문이다.

"『영웅』에 이를 거라고 생각해?"

오탈은 입을 열었다.

"나는 신이 아니다. 후자는 모른다."

"그렇군."

"하지만 전자라면…… 닿을 거다."

낯빛을 바꾸지 않는 기사를 향해, 단언한다.

"그 『종』의 소리는, 언젠가 잔광마저 넘어설 거다."

자신이 펼친 【힐디스 비니】의 일격을 상쇄시켰던 소년의 그 스킬.

그 『영웅의 티켓』은 영달의 신화에 들어서, 그 너머에서 유례를 찾아볼 수 없는 희망의 빛을 가져올 것이라고, 자신의 직감을 들려주었다.

결코 소년 본인에게는 들려줄 수 없는 【맹자】의 평가에, 기사는 미소를 지었다.

"고마워. 충분해."

자신의 생각은 옳았다고, 그 미소는 그렇게 말하고 있었다.

신들이 이 자리에 있었더라면 어깨를 으쓱했을 정도로 짧고 허망하게, 맹자와 기사의 재회는 끝을 맺었다.

기사는 이내 등을 돌렸다.

"오탈, 시대가 움직일 거야."

레온은 그 말을 남기고 떠나갔다.

신들조차 예감하고 속삭이는 그 말에, 무뚝뚝한 무인은 홀로 남은 공간에서 그저 한 마디를 중얼거렸다.

"알고 있다."

☆청춘☆ ~이둔 님과 마을 아가씨는 상성이 나빠~

"아, 프레이……가 아니고, 시르~! 반려는 찾았어~?"

싱글벙글 웃으며 오종종 다가온 여신을 향해 두 팔을 뻗은 시르는, 말없이 그녀의 목을 졸랐다

"시르—?! 뭐 하는 거냐옹—?!"

"주점 앞에서 대놓고 신살 저지르지 마—?!"

"꾸웨에에에에에에에에엑……?!"

똑바로 선 채 가녀린 목을 뿌득뿌득 조르는 가운데, 클로에와 루노아가 황급히 제지에 나섰다.

하늘을 보며 개구리가 찌부러지는 듯한 비명을 지르던 긴 금발의 여신 이둔은 두 무릎을 땅바닥에 털썩 꿇으며 코흑 카학 몇 번이나 기침을 했다.

"여신님, 괜찮아?!"

"평소의 시르는 우량 마을 아가씨라 천하의 대로에서 대놓고 교살을 감행하는 사이코 킬러는 절대 아니다옹—!! 이건 분명 잠깐 정신이 나가서 그런 거다옹! 용서해줘라옹—!"

"커헉, 캐흑, 어흑……?! ……괘, 괜찮아, 괜찮아♪ 나랑 시르는 아는 사이고, 말하자면 절친 중의 절친신이거든! 이건 시르가 멋쩍어서 그러는 거야, 난 다 알아♪"

'전혀 아닌 거 같던데?' '이 여신 좀 이상하다옹?' 하고

루노아와 클로에가 하나도 신용하지 않는 눈빛으로 바라보자, 이둔은 정신을 차린 것처럼 벌떡 일어났다.

"이것저것 바빴지만 겨우 『학구』에서 휴가를 냈거든! 그래서 시르한테 놀러갈까~ 하고."

"뇨? 여신님은 『학구』 신이었냐옹?"

"맞아! 지난번 학구 귀향 때는 놀러와주질 않아서, 시르는 괜찮은 걸까~ 청☆춘! 은 잘 하고 있을까~? 하고 걱정했는데, 그래도 친구 관계는 완벽☆한가보네! 이렇게 멋진 여자아이들이 같이 있는걸!"

고개를 갸웃거리는 클로에의 앞에서, 『미의 신』 못지않게 아름다운 이둔은 무구한 소녀처럼 깔깔 웃었다. 시르는 그런 그녀를 무표정하게, 아니, 인형조차 새파랗게 질려버릴 만큼 무기질적으로 바라보고 있었다. 루노아도 겁을 먹고 뒷걸음질쳤다.

"교우관계가 오케이라면 다음으로 신경 쓰이는 건 당연히 연애관계☆ 청☆춘에는 빼놓을 수 없는 신생, 이 아니라 인생의 광채~! 시르는 반려, 어흠어흠, 첫사랑을 찾았을까나?"

금방이라도 혼자 노래를 불러젖힐 것 같은 이둔은 다시 교살당했다간 큰일이란 것을 학습했는지, 반려라는 말을 얼른 접고 무기질적인 표정의 시르에게 다가가더니, "……으응~~?" 하며 고개를 갸웃거렸다.

"킁킁…… 이 달콤하고도 새콤하면서, 쌉싸름하고도 싱

그러운 냄새는…… 설마?!"

　마을 아가씨의 주위를 뱅글뱅글 선회하며 킁킁 코를 울리기 시작하는 천진난만한 이둔 님. 시르의 눈은 무감정을 넘어 허무의 영역으로 들어가 버려지를 보는 시선으로 바뀌었다. 이제까지 한 번도 본 적이 없었던 동료의 무서운 분위기에, 클로에와 루노아는 자기도 모르게 히익 비명을 질렀다.

　"시르, 너………… 실연했구나?! 꺄~~~~~~악! 청☆추우운!! 그 얘기 자세히! 자세히 좀 들려줘어!"

　어떻게 알았는가 하는 원인해명의 수단은 시르에게는 더 이상 필요가 없었다. 그저 순수한 살의만 있으면 충분했다.

　속공마법도 놀라 자빠질 속도로, 만면의 웃음을 짓던 여신을 지면에 패대기치고는 마운트 포지션을 취한 후 다시 목을 조르기 시작했다.

　"꾸웨우우우우우우우우우우우우우우우우우우우웨엑?!"

　"안돼시르———————?!"

　"녀 마음은 다 이해하는데 제발 살의를 거둬라오오오오오오오오옹?!"

　천하의 대로에서 다시금 신살행위가 집행되어, 루노아와 클로에는 온 힘을 다해 제지에 나섰다. 아름다운 여신은 파닥파닥 두 팔을 휘저으며 송환 일보 직전의 신음성을 뿌렸다.

청☆춘 연애뇌의 이둔과 첫사랑 미경험자 프레이야, 아니, 실연완료 마을 아가씨의 상성은—— 카타스트로프.

여기에 관해서는 논의의 여지가 없다고 동향인 로키가 보장할 정도로, 이둔은 시르를 울컥☆하게 만드는 천재였다.

들쭉날쭉 3인조

"나 원, 갑자기 돌아오더니 느닷없이 Lv.6이라니, 정말 마음에 안 들어."

오라리오피아드, 『3인 1조 수상전』.

전장으로 채택된 멜렌 앞바다에서, 발판 대신 떠 있는 여러 대의 보트를 곁눈질하며, 아이샤는 언짢은 심정을 숨기려고도 하지 않은 채 투덜거렸다. 류는 그것을 무시하지 않고 꼬박꼬박 대답해주었다.

"그런 불평은 파벌대전이 끝난 후에도 잔뜩 들었습니다만."

"미안하게 됐어. 그 시건방진 새침한 얼굴을 보면 나도 모르게 튀어나오거든. 연속 【랭크 업】인지 뭔지 모르겠지만, Lv.5에도 오지 못하던 주제에 사람을 우습게 알던 엘프님이 눈앞에 있으면 말이지."

"저, 저기요, 두 분?"

대기 장소인 물가에서 류와 아이샤가 말다툼을 시작하자, 3인조의 마지막 멤버인 고생바가지, 가 아니라 아스피는 놀라 두 사람을 쳐다보았다.

"같이 던전 탐색도 싸움도 몇 번씩 했으면서 계속 힘을 숨기고 있었단 말이지. 마음에 안 들어, 정말."

"오해하지 말라고 몇 번을 말했습니까. 저는 힘을 숨겼던 것이 아닙니다. 정의의 여행이 끝나지 않아 아스트레아 님께 돌아갈 수 없었을 뿐. 몸도 마음도, 당시의 저는 그것이 한계였습니다. 당신이나 벨을 깔보았을 리가 있겠습니까."

"그러니까 저기요?! 벌써 경기 개시 5분 전이거든요?! 왜 하필 이 타이밍에 말다툼을 시작하냐고요?!"

사이에 끼어든 아스피가 필사적으로 말리거나 말거나, 두 사람의 눈빛과 어조는 여전히 날이 서 있었다.

"혼자 멀리 달려버리는 꼬마도 마음에 안 들지만, 역시 난 네가 더 재수 없어.【질풍】엘프란 것들은 정말 아니꼬워."

"그만 짖어라. 모욕을 철회하지 않겠다면 이 전투에서는 너부터 바다에 가라앉게 될 거다."

"히, 어디 해보시지."

"하긴 뭘 해요 당연히 안 되죠?! 지금 오라리오는 2패여서 궁지에 몰렸다구요?! 우리끼리 싸워서 어쩌자는 거예요?!"

"안드로메다, 좀 시끄럽습니다." "시끄러워 아스피, 닥쳐."

"그건 내가 할 소리야아아아아아아아아아아아아아아아아아아아!!"

계속해서 설득을 무시당한 아스피는 원래의 말투까지 내팽개치고 이성을 놓아버렸다. 꽥꽥 시끄러운 맞은편 기슭을 보며, 『학구』진영의 교사들은 "저 녀석들 뭐 하는 거야……" 하고 황당하다는 표정을 지었다.

"안 그래도 익숙하지 않은 수상전이니까 서로 도와야죠! 그보다 제가 이렇게 엄마 같은 소리나 해야겠어요?! 당신들 같은 문제아들이랑 한 묶음으로 취급당한 시점에서 저도 억울하다고요?!"

"정정하십시오, 안드로메다. 나는 문제아가 아닙니다."

"【아스트레아 파밀리아】시절부터 문제아였어요 당신은!"

"넌 하늘도 맘대로 날아다니니까 미끼든 뭐든 하면 될 거 아냐. 여유작작이라고."

"그 정체 모를 자신감은 어디서 오는 거예요?! 그리고 은근슬쩍 나한테 미끼 노릇 떠넘기지 마아아!"

"아스피는 휴가 끝나자마자마 고생이네~""역시 그런 별자리에서 태어난 거야……" 등등, 『신의 거울』을 통해 중계 영상을 보고 있던 그녀의 동료들은 남의 일이라는 양 멋대로 떠들어대고 있었다.

"아아아아~~~~~~!!"

머리카락을 두 손으로 마구 헤집어대며 감정에 휘둘리는 아스피에게, 아이샤는 쓸데없는 걱정은 접어두라는 양 콧방귀를 뀌었다.

"여유작작할 수밖에 없잖아. 나랑 이 녀석이 싸우든 말든. ──아무리 불평을 늘어놔봤자, 이 벽창호 엘프는 Lv.6이라고."

『이제부터 이 엘프의 움직임을 따라잡으면서 싸워야 한다는 불평』을 새삼스레 토로한 아이샤는 대형 박도를 어깨에 걸머졌다. 그 점만은 자각하고 있던 류도 눈을 감았다.

이윽고, 아이샤의 말대로 아스피의 걱정은 쓸데없는 것이었는지── 3인 1조 수상전은 시작되자마자 결판이 났다.

개시 1분 만에 상대의 교사진은 모두 바다에 빠지고, 류 일행은 압승을 거두었던 것이다.